Helga Schettge wurde 1949 in Magdeburg geboren und absolvierte nach Abschluss der 10. Klasse eine Lehre als Großhandelskaufmann mit Abitur. Als Mitglied eines „Zirkels schreibender Arbeiter" in Magdeburg, später auch in Stendal, gab es 1969 erste Veröffentlichungen von Kurzprosa und Lyrik in zahlreichen Zeitungen.

Von 1972 bis 1991 lebte die Autorin in Stendal und war dort in verschiedenen Bibliothekseinrichtungen tätig. Ihr vierjähriges Fernstudium beendete sie 1977 als Diplom-Bibliothekarin.

1991 kehrte Helga Schettge wieder in ihre Heimatstadt zurück und leitet seit 1993 die wissenschaftliche Fachbibliothek des Kulturhistorischen Museums Magdeburg.

Die Lyrikerin ist verheiratet, hat zwei erwachsene Kinder sowie zwei Enkelkinder.

Dieses Buch widme ich meiner lieben Familie

Helga Schettge

Blätter wie Seide

Drittes Magdeburger Poesiealbum
von Helga Schettge

'Sich verlag

Inhalt

Zwölfhundert
Jahre
bist du alt –
du,
meine Heimatstadt

Magdeburg-Lied 2005

Zwölfhundert Jahre bist du alt,
du, meine Heimatstadt.
Du bist mein liebster Aufenthalt –
dich hab' ich niemals satt.
Mein Magdeburg ist wunderschön!
Ich sag' es jedem gern:
Kommt her, dann könnt ihr' s alle seh'n,
kommt her von nah und fern.

Der große Otto wusste schon,
warum es ihm gefällt,
das gute alte Magdeburg,
der schönste Platz der Welt.
Er schenkte Edith diese Stadt.
Sie war mit ihm sehr froh,
weil es ihr hier gefallen hat,
und uns geht's ebenso.

Auch Martin Luther war zu Gast,
der hochgelehrte Mann,
und zog mit seinem frommen Wort
die Magdeburger an.
Sie folgten seiner Lehre bald
und pflichteten ihr bei.
Die Stadt – sie wurde seinerzeit
„Uns'res Herrgotts Kanzlei".

Ein zweiter Otto ist bekannt
wohl in der ganzen Welt.
Es ist der kluge Guericke,
der uns bis heut' gefällt:
War Bürgermeister, Diplomat
und Wissenschaftler auch.
Durch diesen wahren Teufelskerl
kam Luft erst in den Schlauch.

Es gab nicht immer Sonnenschein
in unsrem Heimatort.
Er wurde zweimal schwer zerstört
und lebte kaum noch fort.
Doch ward er wieder aufgebaut
voll Mühe und voll Schwung.
So blühte er von neuem auf –
ganz alt und dennoch jung.

Die Elbe, dieses blaue Band,
lädt alle herzlich ein,
mit uns in uns'rer schönen Stadt
vergnügt und froh zu sein.
Es grüßt die Menschen ringsumher
der weltbekannte Dom.
„Mein Machteburch, ich lieb' dich sehr,
das kannste wirklich gloom."

Ich wünsche zum Geburtstag Glück
noch viele hundert Jahr':
Dass du, mein liebes Magdeburg,
nie mehr bist in Gefahr.
Erblühe weiter alle Zeit,
sei Heimat jedermann.
Und lass' dich feiern deutschlandweit –
wir fangen gleich mal an!

Trauerweide

Gute alte Trauerweide
im zartgrünen Kleid.
Deine Blätter sind wie Seide,
und sie leuchten weit.

Andachtsvoll stehst du am Weiher,
beugst die Zweige schwer
und lockst mich zur Frühlingsfeier
immer wieder her.

Schrille Farben, laute Lieder –
das ist nichts für dich.
Du neigst dich voll Demut nieder,
ebenso wie ich.

Melodien

Mit Melodien,
die das Herz erschüttern,
kann jeder, wenn er will,
sein Handy füttern.

Und als ein Fahrgast
unsrer Bahnen, Busse,
kommt man auf diese Art
zum Kunstgenusse.

"All you need is love",
so tönt's aus der Ferne,
den Holzmichel freut es,
den hört man ja gerne ...

Wiener Walzer vorn,
hinter mir Cha-Cha-Cha,
Robbie Williams drüben
und Bolero nah.

Bin ich dann am Ziel
und die Stirn schlägt Falten,
singt Herr Reutter für mich:
„Nehm se'n Alten!"

Neues Magdeburger Otto-von-Guericke-Denkmal*

Die Magdeburger sind ganz helle Leute,
sie suchen immer nach des Pudels Kern,
woll'n alles wissen – gestern und auch heute
und schauen hinter die Kulissen gern.

Nur von dem Denkmal wollen sie nicht wissen,
was voller Kunst sein Innenleben spricht …
Es lockt fast keinen hinter die Kulissen,
denn halbe Sachen mögen sie hier nicht!

* Die am 15. Juni 2002 auf dem Ratswaageplatz aufgestellte Großplastik wurde von dem Mönchengladbacher Künstler Thomas Virnich geschaffen.

Archäologisches Wunder

Walter Graumann war ein reger
guter Bodendenkmalpfleger.
Jeder sprach, gab's was zu graben:
„Gut, dass wir den Walter haben.“

Domplatzgrabung – Mittelalter –
das war was für unsren Walter!
Als die Grabung abgeschlossen,
war er jedoch recht verdrossen:

Aus Verseh'n hatten die Knaben
auch sein Handy eingegraben!
Das wird nun mit Klingeltönen
deutsche Kaiserzeit verschönen.

Und dereinst ist man verwundert:
Handys – bereits um 900?
Das klärt nur die Wissenschaft!
Unser Sein bleibt rätselhaft.

Meiner alten Schule*

Liebes rotes Backsteinhaus
aus den Kindertagen.
Als wir kamen, konnten wir
kaum die Tüten tragen.

Ach, du weißt, wie wir versucht,
Buchstaben zu malen,
hörtest unser Frühlingslied
und die ersten Zahlen.

Kennst die Freundin, der man sich
heimlich anvertraute
und die Truppe, die im Park
sich die Butze baute.

Sahst die Pausenmilch, die wir
allzu oft verkleckert
und warst Zeuge, wie man uns
deshalb „angemeckert“.

Hörtest, wie die Knaben sehr
für die Mädchen schwärmten,
die sich dann zu ihrem Leid
nicht für sie erwärmten.

Und du warst uns auch vertraut
in dem Prüfungstrubel,
sahst uns schwitzen, hörtest auch
später unsren Jubel.

Weißt du, damals glaubten wir,
alles wär' vorüber.
Doch danach ging es erst los.
Schweigen wir darüber.

Wie vor Zeiten stehst du da,
ringsum: Leben, Scherzen ...
Ich bin nun schon Großmama,
doch mit jungem Herzen!

* Es handelt sich um die POS Wilhelm Wander (bis 1987) in der Neustädter Nachtweide 77, seit 1991 Norbertusgymnasium

Straßenbahn-Nachbar mit Walkman

Sie trommeln auf mein Trommelfell
die Töne – mal ganz dumpf, mal hell –
sie trommeln auf mich ein.
Ich fürchte, bald hab' ich 'nen Tick:
der Kopf schmerzt mir bis zum Genick,
das kann doch wohl nicht sein.

Sie trommeln langsam, trommeln schnell
und martern mir das Trommelfell.
Ich bin nicht mehr zu retten!
Hurra: Der junge Mann steigt aus,
doch ich krieg's Trommeln nicht heraus
und suche nach Tabletten.

Verführungen am Nikolaiplatz

Ich sehe die Torte,
die leckere, an
und freue mich,
dass ich vorbei gehen kann.

Und dort auf dem Markte –
die Bratwurst: sie lacht!
Guck, hier ist ein
Hähnchen – wie für mich gemacht.

Ich gehe vorüber
an Eis und an Bier,
an Brötchen und
Hacksteak – was woll'n die von mir?

Doch dann kommt die Ecke,
da kann ich nicht fort:
Ich mag sie wie
kaum einen anderen Ort.

Vorbei mit Beherrschung:
Ich tauche hinein
ins Fass mit den
Gurken, den sauren, allein.

Wär' ich Komponiste,
so wär' längst bekannt
ein Salzgurken-
walzer in unserem Land.

Gelobt sei der Spreewald,
denn dort kommt sie her.
Geliebt wird die
Gurke von mir täglich mehr!

Am Magdeburger Petriförder

Fast kann ich es nicht glauben:
ich bin hier ganz allein.
Vom strahlend blauen Himmel
lacht heller Sonnenschein.

Und die vertraute Elbe
begleitet unsre Zeit
seit vielen tausend Jahren
bis in die Ewigkeit.

Es tönt in die Idylle
von Ferne Glockenklang.
Nur Glocken – und sonst Stille –
den ganzen Fluss entlang.

Nie möchte ich verlieren
mein kleines Zauberreich.
Ich höre Wellen rauschen –
nun kommt Elwine gleich.

Von Frühlingsgruß bis Jahresende

Begegnung

Meister Frühling kam gegangen –
Blumenkörbe in der Hand –
zauberhaft in tausend Farben.
Damit zog er über Land.

Und verteilte Veilchensträuße,
Goldstern, Krokus, Löwenzahn,
Buschwindröschen, Osterglocken,
Hyazinthen, Tulipan.

Ringsumher ein leises Singen –
Vöglein pfiffen froh ihr Lied.
Und die Herzen hatten Schwingen.
Fröhlichkeit zog ins Gemüt.

Könntest du uns stets begleiten
im zartbunten Frühlingskleid!
Frühling rief uns zu von weitem:
Alles hier hat seine Zeit.

Goldmarie

Unter Forsythien
Goldmarie sein,
und das Leben ist
herrlich und neu.
Vom Himmel, ganz blau,
lacht der Sonnenschein,
auf dass sich die
ganze Welt freu'.

Doch das gelbe Gold
es fällt und fällt
und weht in alle Winde.
Das Glück und das Gold
sind beide nicht treu.
Doch ein jeder hofft,
dass er sie finde.

Kreislauf

Ohne Scherz:
Es wird März,
und nun geht es
frühlingswärts.

Leis und still –
der April
macht dann wirklich,
was er will.

Eins, zwei, drei
ist schon Mai,
und auch der eilt
rasch vorbei.

Tag für Tag,
Nacht für Nacht,
schneller als man
je gedacht,

dreht das Jahr
sich im Kreis,
den man nicht zu
sprengen weiß.

Lass es sein,
füg dich drein
in des Daseins
Ringelreihn.

Rapsfeld

Die Sonne fiel auf die Erde
und küsste so innig die Welt.
Da gab es ein gelbes Blühen –
ein goldenes Leuchten im Feld.

Ich bin durch die Felder gegangen,
durch strahlenden festlichen Glanz,
und mich hielt ein Zauber umfangen
von traumhaftem wogenden Tanz.

Ermunterung

Lass dich nur nicht unterkriegen.
Musst dich manchmal selbst besiegen,
über deinen Schatten springen ...
Toi, toi, toi: Es wird gelingen!

Klatschmohn

Mohn – du rote Wunderwelt –
glühst wie tausend Feuer,
übersähst nun unser Feld
wie ein Abenteuer.

Mohn, du rote Herrlichkeit,
schon so oft beschrieben,
öffnest uns die Seele weit:
Blumen zum Verlieben!

Mohn, du rotes Flammenmeer,
schön, dass wir dich kennen.
Doch du loderst gar zu sehr,
wirst bald selbst verbrennen.

Einsame Blume

Die gelbe Blume,
winzig klein,
wuchs ganz allein
in Schutt und Stein.

Für die Entfaltung
war kein Platz,
der Traum vom Glück
nur für die Katz'.

Doch reckt sie stolz das
Blütenhaupt.
Klein ist nicht schwach,
wie mancher glaubt!

Das Blümchen hatte
festgestellt:
Auch mir gehört
ein Stück der Welt!

Fliegende Herzen
(Dicentra spectabilis)

Wenn Herzen wirklich fliegen könnten,
dann würde unser Luftraum knapp.
Heißluftballons und flotte Flieger
bekämen kaum noch etwas ab.

So viele Herzen wär'n auf Reisen
als reguläre Sehnsuchtspost –
heißblütig, traurig, liebeshungrig –
nach Süd und Nord, nach West und Ost.

Was wäre das für ein Gewimmel,
nicht auszumalen mit der Zeit.
Ach, flöge doch statt hoch am Himmel
bei uns auf Erden Herzlichkeit!

Sommer-Epilog

Ich werde mich nun auf den Weg begeben
und falte leise meine Flügel zu.
Mag der Kollege Herbst jetzt Nebel weben,
zum Erntedank den Menschen Früchte geben.
Ich tat das meine, und ich geh' zur Ruh'.

Laut Protokoll muss er für Stürme sorgen –
auch dafür, dass das Laub verlässt den Baum.
Ein Frösteln gibt es bald am frühen Morgen,
und dunkle Farben bleiben nicht verborgen.
Es tröstet dann vielleicht ein Sommertraum.

Sonnenhut

Sonnenhütchen, Sonnenhut –
leuchtend-gelb und zierlich –
trägt das Lieschen gar so gut
und auch recht manierlich.

Nicht, wie du denkst, auf dem Kopf,
trägts der kleine Hase,
nein, der liebe Wuschelschopf
trägt ihn in der Vase.

Einsicht

Schon wieder neigt ein Sommer sich zum Ende,
der – streng genommen – gar kein Sommer war.
Der Herbst nimmt jetzt das Zepter in die Hände,
und wie es weitergeht, ist jedem klar.

Wir spüren schon den Nebel und die Kühle,
und alles, was uns lieb war, friert bald ein.
Vielleicht erfrieren in uns auch Gefühle.
Erst wehrst du dich, dann fügst du dich darein.

Wir müssen mit dem Abschied leben lernen.
Sie werden mit den Jahren immer mehr.
Einst flogen wir im Traum bis zu den Sternen,
doch nun drückt uns die Last der Zeit zu schwer.

Pilzsammler-Dialog

Toll versteckt:
Doch entdeckt.
O, wie gut
ein Pilzmahl schmeckt.

Wunderbar!
Und ganz klar:
Dieses Jahr
sind sie nicht rar.

Bald mit dir
wieder hier.
Notfalls:
Krankenhausrevier ...!?

Altweibersommer

Was will man mit
alten Weibern beginnen?
Sie müssen die
weißen Fäden spinnen,
die uns umschweben
an herbstlichen Tagen,
an denen noch Wärme
ins Herz wird getragen.

So sonnige
Zeit – bevor alles vergeht
und des Winters
eisiger Atem weht.
Ihr alten Weiber
seid doch wirklich was wert,
weil goldene Stunden
ihr uns habt beschert!

Herbstzauber

Herbst – du bist ein Abschiedswort,
deckst die Erde zu,
treibst die Sommerträume fort,
gehst mit uns zur Ruh.

Herbst – du bist ein Farbenspiel,
zauberst bunt die Welt,
bläst die Drachen bis ans Ziel –
hoch am Himmelszelt.

Herbst – du bist ein Früchtetopf
mit viel Ri-Ra-Rum.
Trinkt man reichlich, wird der Kopf
ganz schnell di-da-dumm.

Herbst – du bist ein Nebelmeer,
nimmst uns fast die Sicht,
Geister fliegen weiß umher ...
Hu, erschreckt euch nicht.

Herbst – du bist ein Wandersmann,
rufst uns zu im Geh'n:
Es wird Frühling irgendwann!
Tschüs. Auf Wiederseh'n.

Wilder Wein

Wilder Wein, du rotes Feuer
an der Hauswand – eine Pracht,
imponierst uns ungeheuer.
Wie hast du das nur gemacht?

Auch wir Menschen wären gerne
so ganz oben mit dabei,
griffen weit bis an die Sterne,
doch wir sind nicht schwindelfrei!

Letzte Herbstblumen

Es küsst uns warmer Sonnenstrahl –
wie lange noch, wie lange?
Und milder Fön streift durch das Tal,
so ist uns jetzt nicht bange.

Heut tanzen wir im grünen Rund
und folgen keinem Zwange,
freu'n uns der Welt und sind gesund:
Wie lange noch, wie lange?

Ach, bleib doch hier, du schöne Zeit
und lass uns nicht erfrieren.
Zum Schluss ist Hoffnung nur, die bleibt,
wenn wir sonst nichts mehr spüren ...

Vor Weihnachten

Mathilda kommt ins Zimmer
bei mattem Kerzenschein.
Da sieht sie einen Schimmer
so – wie von Edelstein.

Ein Glitzern und ein Funkeln ...
Das Kind steht staunend dort.
Besuchte hier im Dunkeln
ein Engel diesen Ort?

Die Mutter strahlt voll Güte
und spricht: Das kann gut sein.
Ich hoffe, dich behüte
nun stets ein Engelein!

Kinderchor zur Weihnacht

Hundert kleine Engelein
stimmen in die Lieder ein –
himmlische Musik,
rühren Herzen, groß und klein,
wollen Weihnachtsboten sein,
schenken uns das Glück.

Kinderstimmen hell und klar
bringen ihre Botschaft dar:
Weihnacht soll nun sein.
Wohlgefallen aller Welt
unter unsrem Himmelszelt.
Friede, stell dich ein!

Vor Neujahr

Nun hat das Jahr den großen Kreis vollendet –
nur noch ein Augenblick, dann muss es geh'n.
Schon ziehen wir Bilanz, was sich gewendet,
was glücklich ausging und was gar nicht schön.

Ein wenig Hoffnung ist dabei auf unsren Wegen,
mitunter wiegt das Wanderpäckchen schwer.
Wir gehen unbekannter Zeit entgegen
und haben von den Jahresringen einen mehr.

Aus unserem Alltag

Babys erster Satz

„Ich freue mich,
dass ich geboren bin –
doch: oje, bis zur Rente
ist's noch so lange hin!"

Karneval

Mit Masken laufen sie durch die Stadt
und woll'n damit mancherlei wagen.
Für kurze Zeit findet Verwandlung statt
bei den Masken, die sonst alle tragen.

Beweis

Es hieß mal: Geld wird abgeschafft,
das glaubt man nicht so schwer.
Ich kenne manchen hier im Land,
der hat schon jetzt keins mehr!

Beamten-Stoßseufzer

Seitdem ich hier im Amte bin,
hat alles einen andren Sinn.

Ich glaube nicht mehr an das Lachen,
dass Nutzen bringt, was wir hier machen.

Ich glaube nicht mehr, dass uns lieben
die Menschen, denen wir geschrieben.

Wir leben hier, wie wir nun seh'n,
um zu Beratungen zu geh'n,

um Mails zu senden, zu erhalten,
um im Disput ein Haar zu spalten,

um Formulare auszufüllen –
bis hin zu unsrem letzten Willen ...

Vorkommnis

Man kriegt Besuch –
könnt' man ihn doch vermeiden!
Man kriegt Besuch
und freut sich nicht darauf.
Man kriegt Besuch
und kann ihn gar nicht leiden.
Man kriegt Besuch
und trinkt noch einen drauf.

Man kriegt Besuch.
Wenn nur der Meier käme ...
Man kriegt Besuch:
Auch Müller ist dabei!
Man kriegt Besuch –
da sitzt er voller Häme.
Man kriegt Besuch –
verdammte Naddelei!!

Man kriegt Besuch.
Zu spät für Fluchtgedanken.
Man kriegt Besuch,
er findet einfach statt.
Man kriegt Besuch.
Wo soll man Ruhe tanken?
Man kriegt Besuch
und ist schon pappesatt!!

Trugschluss

Stets denkst du, dich kann's nicht treffen.
Doch dann – plötzlich – trifft's dich doch.
Und bist du nicht vorbereitet,
fällst du in ein tiefes Loch.

Vierzeiler für Anti-Hausfrauen

Nein, Frühlingssonne mag man nicht –
es ist das alte Lied.
Und nur, weil man bei diesem Licht
den Staub viel besser sieht!

Überbleibsel

Was bleibt von unserem Leben,
wenn wir eines Tages sind fort?
Vielleicht ein guter Gedanke,
vielleicht ein liebes Wort ...

Klamottenkauf für IHN

„Du musst dir neue Sachen kaufen“,
so sprach Frau Grete zu dem Gatten,
„am besten, lass uns gleich mal laufen,
dann gibt’s noch alles, was sie hatten.“

Der Gatte will sich anfangs drücken:
„Mein alter Anzug ist ganz prächtig,
vielleicht ein bisschen knapp am Rücken,
doch Eindruck schindet er noch mächtig.“

Frau Grete liebt nicht Widerworte.
So brummt in seinen Bart er stille,
folgt ihr jedoch zum Einkaufsorte
und putzt sich vorher seine Brille.

Nun geht es rund: Die Gattin, munter,
schafft von der Stange Hosen, Jacken.
Der Mann stöhnt, beugt sich hoch und runter
und schimpft, weil ihn die Sachen zwacken.

Die Hosen, mal zu schmal, zu locker,
die nächsten furchtbar in der Länge.
Die Jacken wirft er auf den Hocker:
Er findet hässlich sie und enge.

Die anderen sind ihm zu teuer,
dazu kann er sich nicht bequemen.
Das Material glänzt ungeheuer.
„Nein“, ruft er laut, „nichts will ich nehmen!!“

Und so verlässt nach einer Stunde
ein freier Mensch die Folterklause.
Und alle Männer in der Runde
sind ehrfurchtsvoll: Der darf nach Hause …!

Voll ausgebucht

Frau X geht montags zum Psychiater,
am Dienstagfrüh zum Typberater,
Weight Watchers in den Abendstunden,
am Mittwoch Sauna, Walking-Runden.

Des Donnerstags ist Shopping-Tour,
für Hairstyling bleibt Freitag nur.
Wie sehnt das Weekend sie heran,
wo endlich sie relaxen kann!

Flop

Du sagst, bei ebay
wird alles verkauft –
das wäre doch wirklich famos.
Ich bot meinen Mann
schon dreimal dort an
und wurde ihn dennoch nicht los!

Alles relativ

Herr Schmidt kommt an das Himmelstor.
Der alte Petrus steht davor,
hält in der Hand – nicht schwer zu raten –
die Liste mit Schmidts schlechten Taten:

Wie oft als Kind er ungezogen,
wie häufig später er gelogen,
wie ihm klammheimlich, als er jung,
gelang so mancher Seitensprung.

Wie das Finanzamt er besch.....
(Dass sie das gar im Himmel wissen!)
Und alles, was passierte eben
in einem langen Menschenleben.

Sankt Petrus hat es vorgetragen
und fragt: Was kannst du dazu sagen?
Doch Schmidtchen lacht. Ihm wird nicht bänger:
Die Liste meiner Frau ist länger!

Protest

Alle Blumen gehen ein –
wie kann das nur möglich sein?
Ach, Frau Meier ist verzagt,
als sie das der Freundin klagt.

Licht und Luft sind reichlich hier,
Wasser immer im Visier,
und auch Dünger – fabelhaft –
je nach Sorte angeschafft.

Beide grübeln hin und her,
was hier wohl zu ändern wär'.
Ida wagt sich forsch heran:
Sprichst du deine Blumen an?

Selbstverständlich! Tag und Nacht! –
Das hab ich mir fast gedacht,
hier liegt das Problem begraben:
Nichts als Ruhe woll'n sie haben!!

Stumpfsinnige Konjugation

Ich interessiere mich nicht für dich.
Du interessierst dich nicht für mich.
Er interessiert sich nicht für sie.
Sie interessiert sich nicht für ihn.
Wir interessieren uns nicht für euch.
Ihr interessiert euch nicht für uns.
Und sie ...?

Vermutung

Jeder Mensch birgt ein Geheimnis,
das er keinem andren sagt.
Vielleicht sogar zwei, drei, viele,
dass ihn sein Gewissen plagt ...

Jeder Mensch birgt ein Geheimnis –
notfalls ist es nur geträumt.
Und wer niemals eines kannte,
hat im Leben was versäumt.

Kürzungen

Das Leben ist ein Bandmaß
und hängt an einem Baum
in einem fernen Garten
so weit, man ahnt ihn kaum.

Vielleicht hat deins die Länge –
weit über alle Zeit,
und Freude gibt's die Menge,
nicht Kummer und nicht Leid.

Vielleicht ist deins ein kleines,
ganz kurz und unscheinbar.
Doch kennt man eben keines,
und das ist wunderbar!

Das Schicksal – musst du wissen –
es müht sich nicht zu knapp,
und schneidet ganz beflissen
vom Bandmaß täglich ab.

Mammut

Ach, wenn ich ein Mammut wär',
braucht' ich keinen Zahnarzt mehr,
denn die Zähne – alt und schwach –
wüchsen mir noch fünfmal nach!

Gut, dass ich kein Mammut bin,
denn das hätte wenig Sinn:
Dann wäre ich längst gestorben
und mitsamt Gebiss verdorben ...

Zugvögel

Im Heimatkundeunterricht
sind nun Zugvögel dran.
Der Lehrer Schmidt ist drauf erpicht,
dass man sie nennen kann.

Und unser Paul, der kleine Schatz,
er meldet sich geschwind
und sagt, dass die Familie Spatz
auch solche Vögel sind.

Zwar steht nach Süden nicht ihr Sinn –
drauf haben sie nicht Bock –
doch bauten sie ihr Nestchen hin
in eine alte Lok!

Versprechungen

Ich komme zu dir –
tot oder lebendig,
dumm oder verständig,
durch Feuer und Wasser,
bei Wind und Wetter
(mit Sonne wär's netter!)
bis ans Ende der Welt
ins Hotel oder Zelt –
trotz Horror und Stress:
Falls ich's nicht vergess!!

Freud und Leid

Mosaiksteine

Mosaik aus tausend Welten
ist die große weite Welt,
fern so viele und sehr selten
unterm hohen Himmelszelt.

Und wir selbst – ein Korn im Sande,
unauffällig, unscheinbar.
Aber fehlten wir am Strande,
wär' er nicht so wunderbar.

Mosaikstein für ein Leben,
nur für eine kurze Frist.
Leben, lieben, hoffen, streben,
bis all das zu Ende ist.

Alter-Native

Egal, was, wie und wann wir es
in unsrem Leben treiben:
Wir haben leider nicht die Chance,
gemeinsam jung zu bleiben.

Doch dafür gibt es einen Trost
auf dieser schönen Erden:
Mit etwas Glück gelingt es uns,
zusammen alt zu werden!

Erinnerung

Es war ein so schöner Sommer.
Es war ein so schönes Jahr.
Noch seh' ich in meinen Träumen
den Ort, wo ich glücklich war.

Es war ein so schönes Leben.
Es war eine schöne Zeit.
Wer weiß, ob ich sie verdiente.
Mein Herz ist voll Dankbarkeit.

Beständigkeit

Sie stritten sich morgens,
sie stritten bei Nacht
und haben keine Auge
deshalb zugemacht.

Sie stritten im Urlaub,
zu Hause noch mehr.
Es gab nichts zu sagen –
zu streiten doch sehr.

Sie stritten alleine,
Besuch störte nie.
Sie tankten beim Streiten
erneut Energie!

Es gab keine Trennung
aus reiner Bange:
Nur wer sich lang' streitet,
lebt ja auch lange!

Glücksfall

Gestern Nacht
flog die Liebe vorbei.
Wo kam sie her?
Wer weiß das schon?
Gestern Nacht
flog die Liebe vorbei,
und sie machte
bei uns Station.

Gestern Nacht
flog die Liebe vorbei.
Wo macht sie wohl
die nächste Rast?
Gestern Nacht
flog die Liebe vorbei.
Welch' ein Glück: sie
war unser Gast!

Erst dann

Wenn alles erlebt ist,
was erlebbar war,
wenn alles erstrebt ist,
was erstrebbar war,

wenn alles gesagt ist,
was zu sagen war,
wenn alles gefragt ist,
was zu fragen war,

wenn alles gedacht ist,
was zu denken war,
wenn alles vermacht ist,
was zu schenken war,

wenn man in Ruhe
hat sein Haus bestellt,
dann kann man Abschied
nehmen von der Welt.

Keine großen Worte
(Für K. S.)

Was willst du mir versprechen
in dieser Nacht voll Glück?
Was willst du mir versprechen
in diesem Augenblick?

Mach keine großen Worte:
Genieße unsre Zeit
und lass' uns beide hoffen,
der Abschied ist noch weit ...

Kleiner Trost

Sei doch nicht so betrübt, mein Schatz,
verdunkle nicht die Sinne:
Es wohnt in jedem Abschied stets
ein neuer Anfang inne!

Trennung

Bleib' doch hier, mein liebes Glück,
geh' doch nicht auf Reisen.
Wenn du fort bist – Stück für Stück –
werde ich verwaisen.

Trüb' wird mir zumute sein,
Trauer mich begleiten.
Und mein Herz, es wird zu Stein
in den nächsten Zeiten.

Bleib' doch hier, ich bitte dich!
Ahnst du, dass ich weine?
Dunkel wird es schon für mich,
denn ich bin alleine.

Vision

Manchmal möcht ich
ein Vogel sein:
unscheinbar zwar,
der doch erfreut
mit seinem Lied
die ganze Welt.

Was scherten dann
die Sorgen mich
und all die Ängste,
die ich stets spüre
und empfinde
ringsumher?

Und niemals würde
mehr von mir erwartet
als dieses Lied,
das dann verklingt,
sobald mein
Sommer endet.

Pech gehabt

Die Einsamkeit klopft bei mir an,
fragt, ob sie bei mir wohnen kann –
sie käme gleich herein.
Ich sagte zu ihr deutlich: NEIN!

Mein Widerspruch hat sie empört,
jedoch hat sie ihn überhört.
Es tut mir wirklich leid:
Nun wohnt sie hier, die Einsamkeit.

Empfehlung

Nimm dich nur nicht allzu wichtig,
glaub' nicht, dass du doppelt zählst,
denn im großen Weltgetriebe
fällt es nicht auf, wenn du fehlst!

Frühlingsgefühle

Die Tiere haben Brautzeit
und ziehen an ihr Brautkleid.
Da wird gezwitschert und gepiept,
wird sich gepaart und wild geliebt –
das ist schon eine Pracht.
Wer hätte das gedacht?

Auch SIE wollt' IHN gern lieben
und hatte ihm geschrieben:
„In Mutter Grün trau' ich mich nicht,
drum sende ich dir dies Gedicht.
Wie einfach könnt' es sein,
wär' man ein Vögelein!

Die Tiere haben Brautzeit
und ziehen an ihr Brautkleid.
Zu Hause sitzt mein Ehemann,
der wäre nicht begeistert dann!
So nehmen wir die Out-Zeit
und träumen von der Brautzeit …"

Was ist Glück?

Was ist Glück?
Frag doch die Sterne.
Was ist Glück?
Frag doch den Wind.
Aber jeder wünscht sich gerne,
dass es morgen schon beginnt.

Sehnsucht treibt
uns um im Leben,
Sehnsucht –
immer wieder neu.
Und die Hoffnung und das Streben,
dass sie einst zu stillen sei.

Was ist Glück?
Ich kann's nicht sagen.
Was ist Glück?
Ich weiß es nicht.
Doch ein Herz wird Sehnsucht haben,
bis es irgendwann zerbricht.

Zum Abschied

Gott schütze dich, mein Lieber
und halte treue Wacht
in deinem weit'ren Leben
bei Tage und bei Nacht.

Ein Engel soll begleiten
dich stets bei deinem Tun,
auf allen deinen Wegen
behüten auch dein Ruh'n.

Weißt du, ich bin die Wolke,
der Stern am Himmelszelt,
ein Kranich, der vorbeizieht
an deiner neuen Welt.

Zu spät

Der Regen meiner Tränen
fällt auf Blumen,
wäscht sie ab.
Der Regen meiner Tränen
überflutet
jetzt dein Grab.

Wir schwiegen zu lange Zeit.
Nun schweigen wir
für immer.
Nie wieder Gelegenheit
für uns zwei – nie
und nimmer ...!

Zuversicht

Wir wissen nicht,
an welchem Tag wir gehen.
Wir wissen nur:
Es wird dereinst mal sein

und hoffen dann,
ein Wunder wird geschehen
und uns umfließt
ein milder Abendschein.

Wohl dem, der eine
Spur hier hinterlassen,
der ordentlich sein
kleines Feld bestellt,

der ruhig wandern
kann durch fremde Gassen
in eine neue –
uns noch ferne Welt.

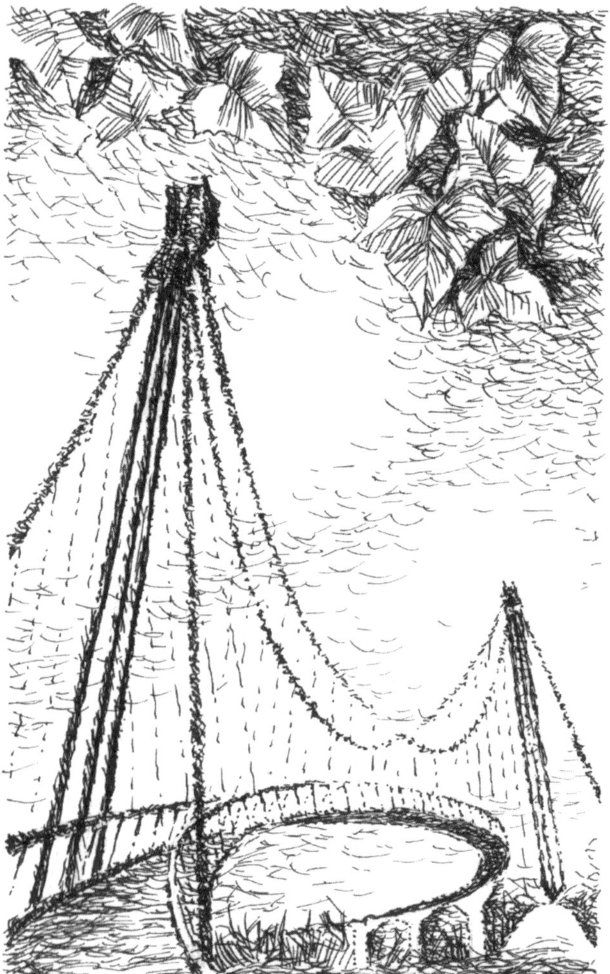

Erlebtes und Erträumtes

Für Philipp

Als du noch gar nicht da warst,
wünschten wir uns gar sehr,
dass bald ein liebes Enkelkind
für immer bei uns wär'.

Als du noch gar nicht da warst,
war es nicht richtig nett,
denn ohne dich – Klein-Philipp, du –
waren wir nicht komplett.

Als du noch gar nicht da warst,
da blieb die Zeit fast steh'n:
Wir warteten voll Ungeduld
und wollten dich gern seh'n.

Und nun bist du gekommen
in unsre große Welt,
die dir, du kleiner Sonnenschein,
auch hoffentlich gefällt.

Wir heißen dich willkommen
und nehmen froh dich an.
Wir wünschen dir von Herzen Glück,
du kleiner Kuschelmann.

Gesund sollst du stets bleiben,
vergnügt und munter sein.
Und wenn du einmal Kummer hast,
dann bist du nicht allein.

Wir alle sind so glücklich
und haben dich sehr lieb –
auch Opa und die Omama,
die diese Zeilen schrieb.

Anti-Faltencreme

Ein hübsches Mädchen gab sie mir:
Creme gegen Augenfalten.
Doch ich sprach zu dem guten Kind:
„Die dürfen Sie behalten.

Ich will erscheinen, wie ich bin
und gar nichts anders machen.
Und wenn ich Augenfalten hab,
dann kommen sie vom Lachen!"

Kostbarkeiten

Ein Tag voll Sonne
hell und klar
und tausend Blumen –
wunderbar.
Was bin ich für ein
Sonntagskind.
Ich sehe sie.
Ich bin nicht blind!

Und aus der Kirche
Glockenklang.
Ein Bächlein fließt am
Weg entlang.
Was für ein schöner
Augenblick:
Ich höre es.
Welch großes Glück!

Und immer wieder
spüre ich,
viel gute Menschen
sind um mich.
Ich freue mich so
wie ein Kind,
weil sie mir wohl
gesonnen sind.

Gedanken am Meer

Ich liebe deinen Wellenschlag,
die Gleichmut, deine Ruhe –
sie prägen nun auch meinen Tag
bei allem, was ich tue.

Mein Herz schlägt in der Weise
wie die weißen Möwenschwingen.
Ich höre, wie ganz leise
ferne Meerjungfrauen singen ...

In deinem blauen Riesenreich
mit seinen stolzen Schwänen
jagen sich tausend Wogen gleich,
bekrönt von Schaumesmähnen:

hinauf – hinab, hinab – hinauf,
Versinken und Erheben.
Das ist dein Tag, dein Lebenslauf,
und so ist auch mein Leben!

Möwen-Shopping

Dass die Möwe Emma hieß,
kann ich nicht beschwören.
Ich traf sie erst gestern früh
nicht sehr weit von Göhren.

Dort lief sie am Strand entlang,
doch – du liebe Güte:
Es verfing ein Füßchen sich
in der Plastetüte.

Emma schwang samt Tüte sich
sofort ganz hoch hinauf,
und der Wind blies dieses Teil
wie einen Airbag auf.

Und so flog sie übers Meer,
wie man's selten schaute.
Ob sie sich auf diese Tour
wohl zu ALDI traute?

Aufmunterung

Schenk deine Tränen dem Wind
und häng die Sehnsucht in die Bäume.
Schau wieder vorwärts, mein Kind:
Es reifen bald neu deine Träume.

Krähen-Geschehen

Herr Krähe namens
Karl-Heinz K.
war ganz verzückt,
als er sie sah.

Sie hüpfte flott von
Ast zu Ast –
er hinterdrein
in wilder Hast

und konnte gar nicht
satt sich schaun.
Sie war ein Bild
von Krähen-Frau'n.

Wie war er seiner
Liebsten gut,
träumte vom Nest
und von der Brut.

Die Träume schwanden
leider schnell.
Sie flatterte
zu Corvus L.

Sein armes Herz tat
ihm wehe.
Doch krächzte er laut:
„Olle Krähe!!"

Unterschiedlich

Eine hübsche junge Dame
hat ‘nen Pickel im Gesicht.
Er ist gar nicht recht zu sehen,
aber er gefällt ihr nicht.
So eilt sie zum jungen Hautarzt,
der darauf mal blicken solle –
Doch schon hört sie seine Stimme:
„Ausziehn: Ganzkörperkontrolle!“

Nach ihr kommt ein altes Muttchen –
schon gebeugt und sorgenschwer –
dick verbunden Arme, Beine,
und man sieht, es leidet sehr.
Zu ihm sagt der Arzt in Eile:
„Immer fleißig weiter cremen!
Und Sie brauchen zur Visite
auch den Hut nicht abzunehmen ...“

Mängel

Der Papst klagt: „Keine Priester mehr,
es ist direkt ein Graus.“
Dürften sie sich vermehren, säh’
das sicher besser aus!

Lebenslyrik

Ein jedes Leben ist wie ein Gedicht
mit vielen und weniger Worten.
Mal klangvoll gereimt oder nur ein Bericht,
täglich neu und an zahlreichen Orten.

Ein jedes Poem hat Anfang und Schluss –
stets erweitern die Verse den Kreis:
mal heiter, mal ernst, bis man fortgehen muss.
Und wie gut, dass man's heut' noch nicht weiß.

Traumhaft

Ein schöner Traum
bist du für mich gewesen,
ein schöner Traum,
der viel zu schnell verblasst.

Ich denk' an dich,
du unbekanntes Wesen
und danke dir,
dass du bemerkt mich hast.

Walking mit 60

Soeben kam mir
auf meinen Wegen
eine ganz junge
Dame entgegen,
verdrehte die Augen,
als sie mich erblickte
und meinte wohl, dass ich
nicht richtig mehr tickte.

Ich lächelte mild
und lief flott vorbei.
Ach, Kleine, auch dich
verlässt einst der Mai.
Und wirst du dann selber
die Sechzig anstreben,
fühlst du, wie ich jetzt: Es
ist toll, dieses Leben!

Vermehlt

Der Bäckermeister Arno Schmidt
versteht die Welt nicht mehr.
Vom Nachbarssohn bekommt er mit,
dass dessen Mailbox leer.

„Zu meiner Zeit", so sagt der Greis,
„war es doch wirklich toll:
Mein Mehl war immer fein und weiß
und meine Mehl-Box voll!"

Märchenhaft

Als Kinder lebten wir so froh
mit diesen Lichtgestalten:
von Elfen, Heinzelmann und Co.
erzählten uns die Alten.

Rotkäppchen war uns wohl vertraut,
Dornröschen und die Feen.
Schneewittchen als bildschöne Braut
vermeinten wir zu sehen.

Rapunzel mit dem langen Haar
berührte unsre Herzen.
Und mit der Gänsehirtin gar
ertrugen wir die Schmerzen.

Doch schließlich ging es gut stets aus –
das Böse musste weichen.
Wo seid ihr Märchen jetzt zu Haus?
Ach bitte, gebt ein Zeichen!

Spekulationen

Hat das Baby Papas Füße
und von Mutti die Figur?
Nach wem kommt es nur, das Süße?
Jeder sucht nach seiner Spur.

Wessen Augen, Mund und Nase –
und erkennt man schon die Hand?
Seltsam, so ein kleiner Hase
bringt uns außer Rand und Band!

Es muss noch viel Zeit vergehen.
Dies Bild ist ein Sonderfall:
Zwar kann man das Kind schon sehen,
doch erstmals im Ultraschall!

Zur Einschulung

Schulkind sein – ja, das macht Laune,
lieber Philipp, glaube mir.
Du bist schon so groß – ich staune –
und stehst vor der Schulhaustür.

Rechnen, turnen, lesen, schreiben –
das und mehr kommt auf dich zu.
Du willst sicher gerne bleiben,
LERNEN schaffst du ja im Nu!

Wirst du erst Zensuren bringen,
freuen wir uns mit dir sehr,
hoffen, alles wird gelingen –
jeden Tag ein bisschen mehr.

Viel Gesundheit, Frohsinn, Lachen
wünschen wir dir, liebes Kind.
Schule wird dir Freude machen.
Glück nun auf den Weg geschwind!

Prüfungen

Schulzeit bringt uns oft Verdruss,
weil man so viel lernen muss.
Jeder, der den Abschluss wagt,
mit dem Prüfungsstress sich plagt.

Abitur – ein Schritt ins Leben –
nichts geht ohne Mühe eben.
Facharbeiter, Studium,
damit schlägt man sich herum.

Will ein Auto man kutschieren,
muss man lernen, wie's zu führen,
welche Regeln einzuhalten,
wie die Gänge sind zu schalten.

Und zudem wisse man gut,
was bei Unfall nötig tut!
Willst du einen Job erhalten,
musst du dich erst recht entfalten:

hier ein Check und dort ein Test –
so geht es in Ost und West.
Überall wird eruiert,
ob du auch zertifiziert.

Doch will jemand sich vermählen,
muss er vorher sich nicht quälen.
Jeder Mensch, ob dumm, ob schlau,
darf sich nehmen Mann und Frau,

darf auch Kinder produzieren
(oder wenigstens probieren ...)
Warum führt man denn nicht ein
einen „Ehe-Führerschein"??

Zeitungsinserat von C. R.

Ich danke für die Blumen,
für alle Freundlichkeit
von Freunden und Verwandten
in dieser letzten Zeit.

Ich danke für die Karten,
Glückwünsche und noch mehr
anlässlich meiner Scheidung.
Sie freuten mich gar sehr!

Fehlanzeige

Er hatte –zig Titel,
doch der Mann war ein Scherz,
denn was ihm gefehlt hat,
war leider das Herz!!

Glückspilz

Im Grase liegen,
auf Blumen schauen,
sich aus den Wolken
ein Luftschloss bauen,

ein Küsschen bekommen,
doch besser noch: zwei
und Liebe spüren
wie einstmals im Mai,

Käfer belauschen,
was sie sich flüstern
und was blühende
Gräser wohl wispern,

Sterne bestaunen
am nächtlichen Zelt,
zufrieden zu sein
mit sich und der Welt.

Wenn du das schaffst und
bist schon fast hundert,
wirst du als Glückspilz
ringsum bewundert!

Was ich dir wünsche

So heiter wie der Frühling
sei dein Leben,
so sonnig wie ein Sonntag
im August.

Mag's viel Gesundheit, Glück und
Freude geben
und weniges, worum du
weinen musst.

Und kommt dein Lebensherbst, nimm
ohne Klagen
die reiche Lebensernte
dankbar an,

so dass man einst in winter-
kalten Tagen
erfüllt auf all die Jahre
blicken kann.

Impressum

1.Auflage 2008, © 2008 by SichVerlag, Magdeburg
SichVerlag Magdeburg; www.sich-verlag.de
Illustrationen: Dipl.-Designer Erhard Otto Kaakstein
Titelfoto: Wolfgang Kuntermann
Autorenfoto: Ulrich Meinhard
Layout: Mike Lederer
Umschlaggestaltung: Mike Lederer
Lektorat: Ursula Hensel
Druck und Bindung: Druckerei Gemi, Prag

ISBN: 978-3-9811692-6-3